Mario Buchner

Als die heilige Jungfrau Maria verschwand

Eine bayerische Weihnachtsgeschichte

Als die heilige Jungfrau Maria verschwand

Eine bayerische Weihnachtsgeschichte
von Mario Buchner

© 2017 Mario Buchner

Herstellung und Verlag: BoD – Books on Demand,
Norderstedt

Originalausgabe 1. Auflage 2017

Umschlaggestaltung Books on Demand unter
Verwendung eines Fotos von Mario Buchner:
Heilige Muttergottes in der Kirche
Sankt Laurentius zu Königsdorf

ISBN 9 783746012490

Bibliographische Information

der Deutschen Nationalbibliothek:

Die Deutsche Nationalbibliothek verzeichnet diese

Publikation in der Deutschen Nationalbibliogra-

phie; detaillierte bibliographische Daten sind im

Internet über dnb.d-nb.de abrufbar.

I

Die Bedrängnis in jenen düsteren Wintertagen des Windmonds anno 1800 war uns Bauernkindern im tölzischen Königsdorf ein allgegenwärtiger Begleiter. Die böse Not hatte meines lieben Vaters Sinnen in jener Zeit ergriffen und gewährte dem armen Manne nur gelegentlich die Kost der süßen Ruhe zur Nacht. In den maroden Stallungen harrte schon lange kein Viech mehr aus uns eine Handvoll Milch aus dem warmen Euter zu lassen. Allerorts war die Knappheit im Dorfe angelangt. Selbst dem Postwirt ward eine arme Zeit beschieden, da kaum ein Reisender mehr den Weg durch das klirrende Weiß nach Königsdorf fand.

In jene Zeiten hinein betraten zwei Landsknechte aus dem nahen Österreich den kalten

Gaden. Die Musketen, der rot-weiße Waffenrock, die blank gewichsten Stiefel, sind noch heute mir ins Hirn gebrannt. Dem Vater und der Mutter war dies keine wohlgefällige Erscheinung, die da in der Stube vor uns stand. Mir hingegen waren die beiden Militärs eine angenehme Kurzweil, da doch den lieben langen Tag nicht viel geschah. Sodann hob auch gleich der kleinere von beiden seine Stimme an und sprach: Der Erzherzog Johann Baptist Josef Fabian Sebastian von Österreich rufe einen jeden aufrechten Manne, fest im Glauben und Treu in der Liebe zu Bayern, zu den Waffen, im gemeinsamen Kampfe gegen den gottlosen Franzmann und seine rheinischen Armeen. Am morgigen Tage zur siebten Stunde, fänden sich daher alle Aufrechten und Getreuen auf dem Kirchplatz von Sankt Laurentius ein, um gesammelt gen Tölz zu marschieren. Sold sowie auskömmliches Zehrgeld sei einem jedem Manne und dessen Hause versichert. Der Militär sprach dies mit einem fremdlichen, nahezu drolligen Rhythmus, mit mir bis dato unbekannten Hebungen und Senkungen der Stimme, die dem Gesagten das Ernsthafte entraubten und dem vollends damischen näher brachten. Es war, wie ich heute weiß, die Art zu reden, wie es die Menschen in der fernen Stadt Wien, von jeher taten. Damals hätte mir meine unverkennbare Belustigung, ob der arroganten Näselei des Österreichers, beinahe eine klatschende Schellen der Mutter eingebracht, hätte die seltsame Sprecherei nicht auch des Vaters Gemüt sichtlich erheitert. Mit einem schelmischen Grienen hieß er mich die Fassung wahren. Kaum da der Offizier die Worte gesprochen, fiel der Verschlag zur Stube in den hölzernen Riegel. Mit dem seltsamen Spuk hatte es unversehens einen Abschluss gefunden.

Auf die Nacht beorderten mich die Eltern zeitig aufs strohige Lager. Endlos lag ich aufgeweckt im Gaden und horchte der Finsternis. Derweil der Vater davon redete der Not endlich ein Ende zu bereiten, flehte ihn die Mutter, dass ein verwirktes Leben auf Erden noch keinen Hunger gestillt. Immerfort beschwor sie den Vater nicht in den Dienst des vermaledeiten Österreichers zu treten. Was scherten ihn die Belange der Franzmänner. Hier bei ihr und dem Kinde sei sein von Gott angestammter Platz. Der Vater indes stummte. Zu vorgerückter Stunde ward es dann ganz still im Hof. Nur der Schneesturm jaulte ums kalte Gemäuer. Da warf auch mich die Nacht in einen seligen Schlummer.

Es war des Vaters Hand, die mich in den Frühstunden des dämmernden Tages weckte. Liebevoll, erinnere ich mich, strich er mir das Haar. Ohne ein einzig Wort zu reden, gab er mir einen sanften Kuss aufs Haupt, stand vom Nachlager auf und schloss die Tür zur Kammer. Bis meine kindliche Denkkraft erfassen konnte was sich gerade zugetragen, stapfte der Vater schon im sternklaren Dunkel des Morgens, mit geschultertem Bündel, durch den kniehohen Schnee auf Sankt Laurentius zu.

In aller Raschheit warf ich meine Gewand über, nahm geschwind Joppen nebst Brusttuch zur Hand und stürmte an der weinenden Mutter vorbei dem Vater ins Dorf hinterher. Mochte der Vater, noch dank Größe und Kraft sich den Weg bahnen, vermochten meine kindlichen Beine dem mächtigen, eisigen Weiß, nichts entgegenzusetzen. Den Vater holte ich nimmer ein. Als nach Ewigkeiten ich Sankt Laurentius anlangte, waren die Männer des Dorfes mit den Militärs bereits geschlossen gen Tölz aufgebrochen. Mein kindliches Herz zerbrach vor Kummer. Der Jammer schnürte mir die Kehle. Kraftlos sank ich in den Schnee. Mein lieber, lieber Vater, war fort. Nie wieder sollt ich ihn umarmen.

II

Nichts im Dasein ist mir gar so sehr im Ange-
denken, wie jene Zeit im Anbruch des Christ-
monds anno 1800. War der Wintertage Lauf
von jeher lang und arm, bestimmte derweil ein
banges Harren auf ein Zeichen des geliebten
Vaters all mein Sinnen. Drei unsäglich lange
Wochen waren indes vergangen, als im Dorf
ein Gerede unter den Leuten umherging, daß
ein schweres Gefecht bei Hohenlinden stattge-
funden habe und der Toten Zahl unter denen
der Bayern und unter denen der Österreicher
wohl am größten sei. Der Franzmann habe
fürchterlich obsiegt und keiner armen Seel die
Gnade gewährt. Es war die alte Schwaighoferin, die der Mutter, an jenem eiskalten Win-
termorgen des Nikolaustags, die Botschaft
brachte. Wie heute, sehe ich die beiden Weibs-
leute unter dem Herrgottswinkel in unserer

Stube beieinandersitzen, vertieft in eine bange Rederei und demütiges Gebet. Nur der Herrgott vermochte jetzt noch zu helfen. Wie ich die Mutter da so sah, schwand auch in mir die Hoffnung. Auf die Nacht kniete ich vor meinem Lager, damit zubringend, den Herrgott flehentlich zu bitten, mir den geliebten Vater nicht zu nehmen. Ich, der Johannes Huber, sei doch noch ein kleiner Bub und bedürfe des Vaters liebevoller Hand. Ich schwor ihm einer der Gottesfürchtigsten auf Erden zu werden, wenn er mir den Vater nur unversehrt wiederbringe.

Das Geläut von Sankt Laurentius rief uns am Morgen des zweiten Adventus Domini. Ich erinnere, wie der gleißende Schein der Sonne durch das Kirchenfenster fiel, und einem Fingerzeig Gottes gleich, die leeren Bänke auf der rechten Seite des Bethauses in einen himmlischen Glanz hüllte. Ein jeder wurde dieses Ereignisses ansichtig, so daß wir im Geiste all der Königsdorfer Männer gewahr wurden, deren Weggang uns so sehr in der Seele brannte. Auch unserem Herrn Pfarrer war die Bitternis anzuschauen und die Worte der Labsal drangen nur schwer aus ihm heraus. An jenem Morgen erfasste mein kindlicher Kopf zum ersten Mal das Unaussprechliche.

Besagter zweiter Adventus, war dann auch jener heilige Sonntag, an dem die Wandermuttergottes heuer auf unserem Hof eine Herberge finden sollt. Das Frauentragen begann zur sechsten Stund auf die Nacht. Der Fackeln Flammenschein züngelte durch das Schwarz der Sternennacht und warf zittrige Schatten auf den Flitterschnee. Ein Gefolge Schwarzgewandeter kam durch den tiefen Schnee stapfend, zu unserem Gehöft. Der Gesang klang friedlich bis ins Tölzische herüber. Schweigend wachte der Bloomberg indes dunkel über dem Tal. Aus ihrer Mitten, ragte im Feuerschein, das Antlitz der heiligen Muttergottes. Beim Anblick der Wanderer falteten meine Mutter und ich die Hände und beteten ein „Gegrüßet seist Du, Maria". Da pochte es heftig an den Gaden. Eine Mannesstimme dröhnte, den Posaunen von Jericho gleich, durch den Verschlag: „Wir folgen dem Geheiß des Kaisers Augustus, dass ein jeder sich schätzen ließe, ein jeder in seiner Stadt. Wir kommen aus Galiläa, aus der Stadt Nazareth. Auf dem Weg in die Stadt Davids, die da heißt Bethlehem, denn aus dem Hause und dem Geschlechte Davids kommen wir. Öffnet uns und gebt mir und meinem Weibe Herberge, die da ist schwanger." Für einen Moment wurde es ganz still, so dann stimmten die Gewandeten an „O Heiland reiß die Himmel auf". Mein kleines Herz klopfte mir im Hals. So sehr ergriff mich das Geschehen. Nasses trat mir ins Aug und die Denkkraft war ganz allein beim seelenguten Vater. Wieder ward es still. Nur der Fackeln Lodern drang mir ans Ohr. Da machte die Mutter den Verschlag zum Gaden weit auf, trat den Bittstellern entgegen und redete: „Ein Raum in der Herberge ist nimmermehr. Bei Ochs und Esel wird die Stallung Euch ein rechtes Lager sein." Mit einem „Gegrüßet seist Du, Maria", traten die Gewandeten in die warme Stube ein. Herinnen bereiteten sie der Muttergottes, in einem weihevoll gezierten Winkel, beflissentlich ein Lager. Andächtig verweilten die Gottesfürchtigen vor der hohen, lieben Frau. Alsdann hoben sie an „Übers Gebirg Maria geht". Nimmermehr wird mir entschwinden, wie in jenem fernen Augenblicke, die Empfindung der Christnacht mein kindliches Herz umschloss. Tränen kullerten mir über das Gesichtlein. Wie sehr sich meine Seele doch nach dem lieben Vater verzehrte. Mit einem „Vaterunser" endete das fromme Tun. Schweigsam zogen die Gewandeten, durch die eisigen Nacht, ins Dorf von dannen. Im Kamin knisterte das flammende Holz. Ein warmer Schein des Kienspan fiel auf der Gottesmutter sanftes Antlitz. Mir war, als wüsste das Weib um meinen Schmerz. Voller Ehrfurcht und Ergebenheit wagte ich kein Wort zu reden. In Anrufung entrückt, kniete die Mutter vor der heiligen Frau in der Stube danieder. Ich tat es ihr nach. In jener Nacht des zweiten Adventus, flehten wir tränenerstickt, um das Seelenheil meines geliebten Vaters, in den kommenden Tag hinein.

III

Am Morgen wachte mich ein grausamer Schrei der Mutter. Es klang, als sei ein böser Geist der unschuldigen Frauenseele habhaft geworden. Voll Schauder eilte ich vom Nachtlager in den Gaden. Die Mutter lag fürchterlich heulend auf dem firnbedeckten Boden. In der Stube war es bitterkalt. Ein Fensterladen im Gaden stand sperrangelweit offen und Schnee wehte mit jedem Luftzug hinein. Ich nahm das arme Weib in den Arm und herzte es so sehr ich konnte. „Mutter! Mutter! Sag, was ist geschehen?" Kein Wort kam aus der armen Frau, nur ein bitterliches Heulen und Schluchzen. „Sprich, Mutter!", flehte ich voller Sorgnis. „Sprich mit mir! Sag, was ist geschehen?" Da hob sie ihr Haupt und starrte mir aus entsetzten Augen entgegen. „Sie ist weg", schrie sie mich heulend an. „Weg! Weg!" Als sie das so greinte, nahm sie meinen Kopf in ihre tränennassen Hände und drehte ihn zu dem Winkel mit der Gottesmutter hin. Da sah ich es. Der Winkel stand leer.

Keinen gottesfürchtigen Glockenschlag hernach, wurde unserem Hofe eine ansehnliche Aufmerksamkeit zuteil, welche sich in ihrer Fassungskraft in den kommenden Tagen nicht schmälern sollte. Zuvörderst eilte der Herr Pfarrer durch den hohen Schnee herbei, unverzüglich gefolgt von einem stattlichen Militär. Wenngleich seiner Geistlichkeit, ob des gefräßigen Leibes und der ungewohnten fleischlichen Ertüchtigung zur frühen Morgenstund, der Schädel hätte bersten müssen, ward sein Antlitz sogleich schreckensfahl, als er des geräumten Winkels gegenwärtig wurde. "Jesus, Maria und Josef", entfuhr es dem ehrfürchtigen Gottesdiener, der sich zugleich dreimal bekreuzigte. Die Mutter kauerte in all der Zeit weinend im Gebet unter dem Herrgottswinkel. Sodann trat seine Geistlichkeit an die Mutter heran und redete scharf: "Da weilt die Muttergottes in Deinem Hof und Du schändliches Weib hast derweil nichts anderes in deinem vermaledeiten Hirn, als Dich auf die Nacht aufs Lager zu legen." Der Mutter stach ein jedes Wort des Herrn Pfarrer wie ein Messer ins Herz. Der an derlei himmlischen Angelegenheiten minder wissbegierige Militär inspizierte indes den Gaden. Mit ausnehmender Sorgfalt galt sein Augenmerk dem Fensterladen. "Hier ist er rein, der Lump", sprach der Landsknecht in festem Ton. "Und auch wieder hinaus", vollendete der Pfarrer.

Im Fortgang sammelte sich ganz Königsdorf auf unserer Schwaige. Ein jeder hatte eine eigentümliche Einbildung über die Begebenheit.

Von einer Verfluchung des Herrn redeten die Großtuer, derweil die Heuchler von Entweihung spotteten. Kein Einziger der lieben Gottesfürchtler indes, hatte ein warmes Wort für meine traurige Mutter. Da fügte sich zum Segen, dass auf die Nacht, ein aus dem nahen Tölz angekommener Bediensteter des bayerischen Kurfürsten, Namens August Berthold von Kronawitter, der umstehenden Schar aufgeregter Tratschweiber, nebst dem Herrn Pfarrer, mit handfesten Worten hindeutete, den Heimgang zu suchen. Besagter Kronawitter wurde sodann selbst nicht müde, meiner Mutter als auch mir, Erkundigungen abzuverlangen, derer mich, ob ihrer Ängstigungen das Leben verwirkt zu haben, noch heute des Nachts im Alpdruck heimsuchen. Wann der Muttergottes, letztmalig, ich ansichtig geworden sei? Wo sich derweil meine Mutter aufgehalten habe? Warum mich des Nachts kein Laut geweckt, gleichwohl doch ein Lump im Gaden an der Statue der Gebenedeiten, fabrizierte? Nach all dergleichen erkundete der Herr von Kronawitter mit einer Festigkeit, meinen, als auch der Mutter Seelengrund. Nach einer Ewigkeit hatte er Hinlängliches erörtert. Er ließ ab und sprach einen letzten Gruß zur Nacht, bevor er mit dem Militär in der Dunkelheit verschwand.

IV

Eine tiefe Ohnmacht ward meiner Mutter bald habhaft. Zu arg zehrten die Mühen des Tages an der schwachen Kraft der lieben Frau. Meine Seele indes wollte den Schlummer nicht suchen. Als ein tiefes Schweigen den letzten Winkel des Hofes durchdrang, entstieg ich mit Bedacht dem Alkoven. Die Dielen knarzten jämmerlich, als im Schein des Kienspan, ich die Stube nach einem Krumen Brot, einem Becher Wasser sowie einem Kerzlein durchstöberte. Derlei schließlich habhaft geworden, führte mich meine Bestimmung hinauf zum Dachboden. War es im Gaden schon recht kalt, so gefror hier heroben der Atem. Versucht, keinerlei Geräusch zu bewirken, schlang ich mit größter Achtsamkeit an allerlei Unrat vorbei. Immer weiter drang ich in die tiefe Dunkelheit des Dachbodens vor. Dann wurde ich ihrer gewahr. Unbeirrt stand sie vor mir. Aus ihren seelenwunden Augen schaute sie mich an, als wolle sie gleichwohl fragen, wo ich all die Zeit verblieben war. Ich kniete mich zu ihr hin. Der Schein des Kerzleins hüllte ihr liebes Gesicht in einen warmen Schimmer. "Schau, ich hab Euch Brot und Wasser gebracht", redete ich ganz sanft, wobei ich die Gaben sacht zu ihren Füßen legte. Dann fasste ich mir ein Herz. "Seid mir nicht schmählich, Maria. Mit Euch hab ich keinen Gram. Euer Bub, der Herrgott, bereitet mir Kummer. Den Vater hat er mir genommen. Im Krieg mit dem Franzmann, hat er ihn zu sich in den Himmel gerufen. Dabei brauch ich den Vater doch mehr, als Dein Bub ihn im Himmel. Das versteht Ihr doch, Maria, nicht wahr? Ihr seid doch auch eine Mutter." Als ich das so redete, weckte meine kindliche Denkkraft in mir die Empfindung, die heilige Muttergottes schaue mich derweil weiterzig an. Sodann kam ich zum Wesen meines Begehrs. "Ich weiß nicht, was dem Herrgott ich getan, dass er nimmer mit mir reden will. Ich bet ganz lieb, dass er den Vater mir bringt. Doch er will mich nicht hören. Und weil Ihr doch die Mutter von unserm Herrgott seid, wird doch sicher Er Euch hören. Ich bitt Euch, Maria, redet Ihr mit Euerm Buben. Ich komm morgen in der Nacht wieder zu Euch hin." Ich wischte die Tränen mir vom gefrorenen Gesichtlein. Alsdann machte ich mich auf den Weg zurück zu meinem nächtlichen Lager.

V

Unserem altehrwürdigen Schulmeister war das Entschwinden der heiligen Jungfrau eine ernsthafte Bedrängnis. Höllenqual drohe einem jeden, der es wage das Bildnis der Gebenedeiten zu entweihen. Ein Dämon sei ein solcher, kein Mensch, schreckte uns der Greis. Der Strick sei dem Verfluchten gewiss, fuhr er mit Fingerzeig zur alten Eiche beim Postwirt fort. Manch Kleinerem trieb die Kümmernis das Wasser ins Aug. Auch mir gereichten die Ausführungen des Herrn Schulmeisters zur Besorgnis. Nimmer trugen meine Kinderbeine mich so flugs zu unserem Hof, wie an jenem Wintertag.

Die Mutter war des Morgens wiederholt der Argwohn des Herrn Kronawitter gegenwärtig geworden. Er und sein Adlatus hatten das arme

Weib gedrängt, ihr Seelenheil zu wägen. Eine Beichte werde vor dem irdischen, wie himmlischen Gericht, Wohlwollen finden. Der Mutter hatte das Insistieren beinah ein erdachtes Bekenntnis entlockt. So groß war die Not bei der armen Frau.

Bei Nacht verschlug es mich abermals den Dachboden hinauf. Kein Brot, kein Wasser, hatte die heilige Muttergottes angerührt. Da stieg, ob dieser Abweisung, eine Aufgebrachtheit mir in den Kopf. "Eurem Buben, dem Herrgott, hat´s heut wohl gefallen mit dem Schulmeister mir zu schaudern. Die arme Seel der Mutter, hat er den Kronawitter malträtieren heißen. Sagt dem Herrgott einen Gruß, wenn Er den Vater mir will nehmen, Ihr Maria voller Gnaden, Gleiches werdet durch mich erfahren."

Lang lag ich wach in jener Nacht, sinnierend was dem Herrgott ich getan, daß mit Bitternis Er mich strafte. Kein Grund wollt sich er-schließen, bis auf jenen, dass der Herrgott mich nimmer wollt. Da war es mir auf einmal nicht mehr arg, den Herrgott gedräut zu haben, ihm die Mutter zu nehmen. Denn Aug um Aug, so spricht Er doch, der Herr. Dann sollt Er mich halt kennenlernen.

VI

In den Tagen vor dem dritten Adventus war es wieder still geworden auf dem Hof. Den Herrn Kronawitter mit seinem Adlatus trieb es einstweilen in Königsdorf um. Manch einer armen Seel war er auf den Fersen, gleichsam dem Verderber selbst. Fernerhin war eine ungekannte Gütigkeit in den Herr Schulmeister hineingefahren, die selbst seine Mutter seligen Angedenkens, hätte argwöhnen lassen. Mir indes erschloss sich die Veranlassung für all diese Veränderlichkeit. Der Herrgott hatte verstanden. Um ihm jene Erkenntnis zu wahren, mahnte ich des Nachts auf dem Dachboden die Muttergottes, sich ihren Buben zu entsinnen, wer da seine Mutter in Gewahrsam habe. Erst wenn er mir den Vater gebracht, könne auch er seine Mutter haben. Meine List ging auf, der Herrgott drohte mir nimmer.

Wie alle Sonntag machte sich auch an jenem dritten Adventus die Mutter mit ihrem Göblein auf den Weg nach Sankt Laurentius hin. Aus der Ferne sahen wir das Befremdliche. Jeder Stapfer im harschen Schnee offenbarte mehr, dass keiner der Kirchgänger das Innere des Gotteshauses suchte. In tiefer Rederei standen sie am Gottesacker beisammen. Es war die Schwaighoferin die uns anredete, dass der Bernauer Sepp von dem Herrn Kronawitter am Morgen in Eisen gelegt und von dem Militär ins Klosterverlies gesperrt worden sei. Dem Kronawitter habe der Sepp bekannt, die Jungfrau genommen und in der Loisach getränkt zu haben. Dem Sepp werde alsbald der Prozess gemacht, so dass an der Posteiche er am Halse gehangen werde, bis der Tod ihn hinfort nehme. Wie sie das so redete, bekreuzigte sich das alte Weib und ranzte einen fetten Speuz ins

Tuch. Mir wurde, als schwände alle Erde unter meinen Füßen dahin. Der Sepp war mir schon immer einer der Liebsten im Dorf. Seither ich die Welt zu erfassen vermochte, erinnere ich mir den Sepp als Sonderling. Wie ein Militär marschierend, salutierend einem Jeden, der den Weg ihm kreuzte, gerade so, als käme ein Feldmarschall hoch zu Ross daher. So manchem Grattler war der Sepp ein Unbehagen. Uns Königsdorfer Kindern indes war der Sepp ein guter, lieber Kamerad. Begegnete ich ihm, strammte und salutierte er sogleich. Im Tone eines Hauptmannes erwiderte ich den Gruß und gab ihm streng die Order abzutreten. Dann lächelte der Sepp, salutierte ein letztes Mal und zog mit festem Schritt von dannen. Im Dorf redeten die Leut, dass der Sepp den Weg durchs schmale Becken der Mutter nicht gefunden hätt. Der armen Wöchnerin habe der

Schnitter das Lichtlein noch im Kindbett aus-
gehaucht. Vermaledeit sei der Bub, redeten die
Alten im Dorf. Doch mir war der Sepp der
liebsten einer. Das also war der Plan. Jetzt
offenbarte mir der Herrgott sein wahres Antlitz. Welch kindliche Einbildung hatte da Be-
sitz von mir genommen, dem Herrgott eine
Stirn zu bieten. Dem allmächtigen Gott, wel-
cher seit Jahrtausenden ganze Völker brannte,
hungerte und tränkte.

Auf die Nacht saß ich zur Brotzeit bei der
Mutter im Gaden. Die arme Frau wollt im
Geiste nicht erfassen, der Sepp solle die Ma-
donna genommen und den Tiefen der eisigen
Loisach überantwortet haben. „Warum sollt
der Sepp dergleichen tun?" weinte die Mutter.
„Wenn der Herrgott nicht bald ein Wunder
wirkt, wird der Kronawitter in hängen." Kein

Wort wollt mir über die Lippen kommen, warum ich harrlich stummte.

In den kommenden Nächten blieb ich dem Dachboden fern. Das Antlitz der Jungfrau wollt ich nicht schauen. Zu groß war mein Groll auf das Weib und ihren Buben. Weder im Schulhaus, noch im Gebet mit der Mutter, drang mir ein "Amen" über die Lippen. Sollt der Herrgott doch bleiben wo er war. Ich hatt ihm nichts mehr zu beten.

VII

Der Saal im Postwirt war auf den letzten Platz gefüllt. Die Lust am Schauder hatte selbst aus dem fernen München liederliche Kreaturen nach Königsdorf gespült. Ein Aug auf den Totgeweihten zu werfen, weckte das Übelste in manchem Erdgeschöpf. Ein Raunen ging um, als der Sepp in Ketten gelegt eingebracht wurde. Stolz marschierte er inmitten der Militärs zu seinem angestammten Platz. Als der Kronawitter den Saal betrat, strammte der Sepp mit den Militärs und salutierte allein dem hohen Herrn. Ein Lachen erfüllte den Saal. Da hieß der Kronawitter den Sepp sich zu betragen. „Jawohl", rief da der Sepp und salutierte neuerlich. Dem Kronawitter war dies abermals ein Graus. Ohne Verzug eröffnete er den Prozess. Für jedermann hörbar verlas er die Klageschrift. Dem Josef Bernauer aus Königsdorf werde zur Last gelegt, in der Nacht des zweiten Adventus Domini in den Hof des Huber Bauern in Königsdorf eingedrungen zu sein, das dortige Bildnis der Heiligen Gottesmutter entwendet und hernach in der Loisach, nahe Beuerberg, versenkt zu haben. Der hier anwesende Josef Bernauer, habe im Verhör, den ihm zur Last gelegten Hergang gestanden. Nach dem Grunde befragt, habe der Beschuldigte angegeben, dem Geheiß des Allmächtigen gefolgt zu sein, die Gnadenmutter Gottes vor dem nahenden Franzmann in Schutz zu bringen. Wieder ging ein Raunen durch die Reihen. Einer rief: „Gotteslästerung". Eine anderer: „An den Baum mit dem Lump." Der Kronawitter wendete seine Rede nun direkt an den Sepp. „Josef Bernauer, hat es sich so zugetragen, wie gerade verlesen?" Daraufhin strammte der Sepp, salutierte und rief „Jawohl,

Herr Hauptmann!". Da brach ein lautes Geschrei aus. „Hängt den Sauhund", kreischte ein Weib. „Schlagt ihm den Kopf vom Hals", krakeelte ein anderer. Die Militärs hatten ihre liebe Mühe den Saal zu zügeln. Dann redete der Kronawitter: „Im Namen des Kurfürsten von Bayern und Kraft des mir von seiner Hoheit verliehen Amtes richte ich über Dich, Josef Bernauer, daß am morgigen dreiundzwanzigsten Tage im Christmond anno 1800, Du zur sechsten Stund, am Halse gehangen werden sollst, bis dass der Tod eintrete. Ein Johlen brach aus. Beglückung war auf den Gesichtern zu sehen. Mit starrem Blick, salutierend, stand der Sepp inmitten der Militärs.

VII

Meine Seel wollt keine Ruhe mehr finden. Allein dem Sepp galt all mein Bangen. Im Leben sollt keine schlimmere Nacht ich mehr erdulden. Zur fünften Stund stapfte ich, schweigsam Hand in Hand mit der Mutter, auf Königsdorf zu. Klirrendes Weiß harschte unter den Füßen. Dem Himmel hatte der Herrgott befohlen sternenklar herabzufunkeln, auf dass ein jeder der himmlischen Heerscharen des Ereignisses auf Erden wahrhaftig werde. Dem Eichbaum beim Postwirt ward an jenem Morgen eine nimmer gekannte Aufmerksamkeit zuteil. Ein Heer von Fackeln brannte das Dunkel der Nacht hinfort. Schweigend nahmen die Umherstehenden uns in ihrer Mitten auf. Als die Glocken von Sankt Laurentius zur sechsten Stund anhoben, tat sich eine Unruhe breit. In das Geläut hinein, setzte ein Trommeln ein. Da sah ich, wie der Sepp von Militärs den Berg herauf gebracht. Dem armen Mann schien das Marschieren abhanden zu sein. Mir schnürte der Anblick den Schlund. Totenstill war es geworden, da der Sepp nun vor dem Stricke stand. Der Kronawitter hieß sogleich zwei der Militärs dem Sepp auf den Schemel zu helfen. Das Herz klopfte mir im Halse. Der Mutter Griff schnürte mir die Hand. Der Kronawitter zog den Säbel und hob ihn gen Himmel. Kein Laut war da zu hören. Selbst der Flammen Lodern schien still zu stehen. Allein meine Kinderseel schrie dem Herrgott entgegen. "Kennst Du kein Erbarmen? Was bist Du für ein Gott, dass Du mich so strafst?" Da sauste der Säbel des Kronawitter herab. Sogleich trat ein Militär mit aller Kraft gegen den Schemel, der unter dem Sepp nicht weichen wollte.

Da durchdrang jählings ein Ausruf das schaurige Schweigen. „Haltet ein! Haltet ein!" Über das Brückerl beim Gottesacker kam der Herr Pfarrer mit wehendem Gewand geeilt. Der Kronawitter bedeutete dem Militär abzulassen. Ein jeder besah sich nun den Pfarrer. "Sie ist da", keuchte der Gottesmann. "Sie ist wieder da! Die heilige Muttergottes." Da brach ein lautes Gerede unter den Leuten aus. Wild gestikulierend bahnte sich seine Geistlichkeit den Weg durch die Umherstehenden. Der Sepp stand alldieweil mit dem Strick um den Hals auf dem Schemel da. Der Pfarrer redete etwas zu dem Kronawitter. Da wandte sich der Sepp den beiden hin, kam überdies in ein Straucheln, schliff den Schemel herab und schlug sich den Hals in den Strick hinein. Ein jeder tat einen Schrei. Wach im Geiste langte ein Militär kräftig zu. Mit einem Ruck stand der Sepp abermals da. Sogleich hieß der Kronawitter dem Sepp die Ketten zu nehmen, als auch den Strick vom Halse zu streifen. Just da der Sepp aller Fesseln entledigt, strammte er und salutierte der Menge. Da brachen sich mir Tränen Bahn und ein fürchterliches Weinen krampfte meinen kleinen Körper.

VIII

Der Heiligabend anno 1800 brach an. Noch immer konnt meine kindliche Denkkraft die Begebenheiten nicht erfassen. Dem Herrgott hatte wohl gefallen, ansehnlich mir darzutun, wer der Weltenlenker von uns beiden sei. Mein Werk, die Mutter ihm zu nehmen, damit den Vater er mir gäbe, hatte allen göttlichen Zorn auf mich vereint. Welch nachtragend, rachsüchtiger Gott er doch war. Welch unlauteren Kampf er führte. Er, der große und allmächtige Herrgott, gegen mich, den kleinen Johannes Huber, einen Bub von noch nicht einmal zehn Jahren aus Königsdorf. Seine Mutter hatte er wieder. Meinen Vater ich indes nicht. Der Kampf war verloren. Mein Leben verwirkt. Heulend verkroch ich mich vor den Augen der Welt. Nimmer im Leben habe ich mich so verloren und wertlos empfunden, wie an jenem Wintertag. Da die Nacht schon angebrochen, drängte mich die Mutter zur Christmette. Nichts lag mir ferner, als das Haus des Herrgotts zu suchen. Mein Betragen erschien der Mutter befremdlich. Weshalb ich unaufhörlich jammere, erfragte sie voller Sorgnis. Da konnte ich nicht länger umhin, entstieg dem beschützenden Lager und kleidete mich ins Gewand. Zum neunten Glockenschlag machten wir uns mit der Fackel durch die Nacht, auf den Weg nach St. Laurentius hin. Ein dichtes Schneetreiben hatte begonnen. Nur schwerlich kamen wir im Gestöber voran. Mir war, als wolle mit dem Getöse der Herrgott mir sagen, dass auch er mich in seinem Hause nicht sehen wollt. Da reifte in mir ein Gedanke. Entschlossen stapfte ich der Mutter im tiefen Schnee voran.

In dem Bethaus füllten sich die Reihen. Nur die Bänke der Männer standen leer. Da löste ich den Griff der Mutter und ging geradewegs zum Platz des Vaters hin. Unter den erstaunten Blicken der Dorfleute rutschte ich durch die Bank bis zum Namensschild des Vaters vor. Dort saß ich nun, ganz allein in den leeren Reihen der Königsdorfer Mannsleut. Dem Herrgott wollt ich damit zeigen, daß meine Lieb zum Vater größer war, als alle Furcht vor ihm, dem Herrn. Da wurde es ganz stad im Kirchlein. Es war das Geläut der Messdiener, welches die Stille durchbrach. Auf jenes Zeichen, erhob sich ein jeder von seinem Platze. So auch ich. Ein Gesang erhob sich mit der Orgel Klang. Feierlich betrat der Pfarrer den Hochaltar. Als nach allerlei Zeremonie der Gottesmann sich uns Sündern hinwandte, fiel sein Blick mir zu. Mit Ernstlichkeit schaute er mich an. In Gewissheit, vor aller Ohren, mit reger Aufgebrachtheit aus der Bank gewiesen zu werden, hielt ich den Blicken stand. Da wurde er weich, schloss seine Augen und sprach "Kyrie Eleison, Christe Eleison, Kyrie Eleison".

In traurigen Gedanken beim lieben Vater folgte ich der Mette. Als der Kantor zum Schluss der Liturgie "Dies ist die Nacht, da mir erschienen" anstimmte, konnt ich mein Weinen nicht länger bezwingen. Ich schluchzte bitterlich. Da brach das Singen, wie auf ein Geheiß, in sich zusammen. Still war es in dem dunklen Kirchlein geworden. Immer deutlicher mischten sich Schritte in das Schweigen ein. Befremdet hob ich meinen Kopf, wischte mir die Tränen ab und konnte nicht erfassen was ich sah. Vor mir stand der geliebte Vater und schaute mich aus seelenwunden Augen an.

Hinter ihm folgten der Gruber Bernhard, der Mayr Sepp, der Gmeiner Alois und der Gschwendner Georg. Da nahm mich der Vater in die Arme. Nimmer weinte ich mehr vor Glück, als in jener Heiligen Nacht.

Als ich an der Hand des lieben Vaters aus dem Kirchlein fortgehen wollt, sah ich den Bernauer Sepp inmitten der Leut, beim Taufbecken stehen. Da lief ich zu ihm hin und herzte ihn mit aller Kraft. Der Sepp ließ mich gewähren. Alsdann beugte er sich herab und redete mit einer fremdartigen Klarheit mir ins Ohr: "Alles gut, mein lieber Hansi, der Herrgott hat mir alles erzählt." Verwundert löste ich meine Umherzung und schaute den Sepp ungläubig an. Da strammte der Sepp und salutierte mir. Mit Stolz tat ich ihm nach.

Werte Leser!

Dreiundsiebzig Jahr sind seither vergangen.

Aus der Zeiten Ferne erscheint mir mein kindlicher Glaube reichlich einfach.

Lasset die Kindlein zu mir kommen und wehret ihnen nicht, denn solcher ist das Reich Gottes, so spricht der Herr.

Ich habe in jener Zeit meinen Frieden mit dem Herrgott gemacht. Bis heute haben wir die Waffenruhe nicht gebrochen.

Ihnen allen ein gesegnetes Weihnachtsfest.

Gegeben zu Königsdorf
am Heiligen Abend anno 1873

Johannes Huber

Dies ist die Nacht, da mir erschienen

Caspar Friedrich Nachthöfer

(1624 - 1685)

Dies ist die Nacht, da mir erschienen

des großen Gottes Freundlichkeit;

das Kind dem alle Engel dienen,

bringt Licht in meine Dunkelheit;

und dieses Welt- und Himmelslicht

weicht hunderttausend Sonnen nicht.

Lass Dich erleuchten, meine Seele,

versäume nicht den Gnadenschein;

der Glanz in dieser kleinen Höhle

streckt sich in alle Welt hinein;

er treibet weg der Höllen Macht,

der Sünden und des Kreuzes Nacht.

In diesem Lichte kannst Du sehen
das Licht der klaren Seligkeit;
wenn Sonne, Mond und Stern vergehen,
vielleicht noch in gar kurzer Zeit,
wird dieses Licht mit seinem Schein
Dein Himmel und Dein Alles sein.

Lass nur indessen helle scheinen
Dein Glaubens- und Dein Liebeslicht;
mit Gott musst Du es treulich meinen,
sonst hilft Dir diese Sonne nicht;
willst Du genießen diesen Schein,
so darfst Du nicht mehr dunkel sein.

Drum, Jesu, schöne Weihnachtssonne,
bestrahle mich mit Deiner Gunst;
Dein Licht sei meine Weihnachtswonne
und lehre mich die Weihnachtskunst,
wie ich im Lichte wandeln soll
und sei des Weihnachtsglanzes voll.

NANTESBUCH

Eine bayerische Erzählung zur Weihnachtszeit
von Mario Buchner

Im fünfzehnten Erdenjahr der Antonia Maria Doninger verkündet der Vater, daß es von nun an genug sei mit der elterlichen Obsorge. Fortan habe die Tochter ihr Auskommen selbst zu bewerkstelligen. An jenem schicksalhaften Tage im Jänner anno 1832 verließ die Antonia Maria Doninger mit elf weitere Kindern auf einem Hänger des Magnus Habereder die Stadt Salzburg. Keines würde je widerkehren.

Broschiert 116 Seiten
Verlag: Books on Demand
Auflage : 1 (4. Juni 2013)
ISBN-13: 978-3732240098
Preis: 9,95 €

NANNERL

Eine bayerische Weihnachtsgeschichte
von Mario Buchner

Maria Annalena Donhauser erblickt am Heiligen Abend
des Jahres 1867 unter unerklärlichen Umständen das
Licht der Welt. So rätselhaft, gar dunkel die Umstände
der Geburt auch gewesen sein mögen, so geheimnisvoll,
wenn nicht gar unergründlich ist das Nannerl den Menschen Zeit seines Lebens geblieben.

Broschiert 56 Seiten
Verlag: Books on Demand
Auflage : 1 (10. September 2012)
ISBN-13: 978-3848221691
Preis: 4,95 €

WIE DER PLÖTTNER SEPP
ZUM HERRGOTT FAND

Eine bayerische Weihnachtsgeschichte
von Mario Buchner

Die Jachenau zur Adventszeit anno 1806. Unverhofft wird dem Bauernbub Seppi Plöttner ein besonderes Geschenk zuteil. Doch das Glück währt nicht lange und ein Drama nimmt seinen Lauf, welches sein ganzes Leben verändern wird.

Gebundene Ausgabe: 40 Seiten
Verlag: Books on Demand
Auflage : 1 (21. Oktober 2011)
ISBN-13: 978-3842368279
Preis: 15,90 €

www.mariobuchner.de